지하철엔 해녀가 산다

시작시인선 0347 지하철엔 해녀가 산다

1판 1쇄 펴낸날 2020년 9월 20일
지은이 함명춘
펴낸이 이재무
책임편집 차성환
편집디자인 민성돈, 장덕진
펴낸곳 (주)천년의시작
등록번호 제301-2012-033호
등록일자 2006년 1월 10일
주소 (03132) 서울시 종로구 삼일대로32길 36 운현신화타워 502호
전화 02-723-8668
팩스 02-723-8630
홈페이지 www.poempoem.com
이메일 poemsijak@hanmail.net

ⓒ함명춘, 2020, printed in Seoul, Korea

ISBN 978-89-6021-514-6 04810
      978-89-6021-069-1 04810(세트)

값 10,000원

지하철엔 해녀가 산다

함명춘

천년의시작

인도에 간 적이 있다,
항상 낯설고 고행이라
그만 가야지 하면서도 또 가게 된다.
돌이켜 보면 그게 다
행복이기 때문이다.

꼭 시詩 같다.

차 례

시인의 말

제1부 자화상

전생

새는, 나무가 아니었을까
뿌리만 땅을 움켜쥐고 있을 뿐
가지와 줄기와 잎들이
날아오르기 위해
쉼 없이 날갯짓하는

저 팥배나무가 아니었을까

만추

꽉 찬 달이 기울듯
붉게 물든 나뭇잎이 떨어진다
떨어진다, 다 떨어진다
사랑하는 사람까지는 욕심이다
헤어짐의 아픔만이라도
보고 싶은 마음만이라도
있고 싶은 만추
하늘도 붉게 붉게 물들어 간다
가슴에 눈물이 난다

견지낚시 하는 법

세상을 반드시 내려놓고 들어와야 한다
걱정이나 후회는 낚싯바늘에 꿰어
미끼와 함께 저 멀리 흘려보내라
침묵은 이곳의 언어이고, 기다림은 공기이니
맘껏 사용하고, 들이마셔라
낚싯줄 한 번 풀 때 두 번 참회하고
낚싯줄 한 번 감을 때 두 번 용서하라
물고기는 마지막 유혹이고 집착이다
유혹과 집착을 끊었을 때
손끝부터 퍼져오는 짜릿한 떨림은
선계의 경지에 선 찰나이다
찰나가 지금이 되기 전에
주저하지 말고 저 멀리 놓아주어라
방생은 세상으로 되돌아갈 수 있는 출구다

곰배령 길 1

저울 같다
내 몸이 얹혀지자
눈금처럼 파르르 떠는 나뭇잎들
중심을 못 잡고 기우뚱거리면 더욱 크게 떠는 나뭇잎들
그간 얼마만큼
땀 흘리며 살아왔는지
바르게 살아왔는지
나의 몸뿐만 아니라
마음의 무게까지 재보려는
저울 같다
호흡을 멈추고
바들바들 떠는 눈금이 어디를 가리키는지
대자로 누워서 나를 응시하는
저울 같다

열목어

휴대폰 끄고 머릿속도 모자라
가슴속까지 담아놓은 걱정, 몇 스푼이라도 덜어내고

저 하얀 나비가 내를 건너갔다 다시 돌아올 동안만이라도,

그 반만이라도 내가

돌 위를 스치는 한 점 바람이 될 때까지
햇볕 속을 달리는 한 그루 눈빛승마가 될 때까지
온종일 느릅나무를 껴안고 서있는 고요가 될 때까지

맑은 물 흐르는 돌 밑에 숨어있다가, 기다리고 있다가

이만하면 됐다는 듯 비로소

지느러미 흔들며 나를 향해 달려오는 열목어
내 마음 속 화환 같은 동심원을 새겨놓고 돌아가는 열목어

일몰

일몰 직전이다

힘차게 뛰던 파도의 맥박이 조금씩 잦아들고
잠시 숨을 고르는 새 떼들이 허공에 못이 되어 박힌 채
지나왔던 길을 가만히 되돌아본다

참 탈도 많았던 길이었지 삶은
누구나 미처 다 읽지 못한 아픔의 책 한 권씩은 갖고 있는 거

아무런 일이 없었다는 듯 각자의 하루에서 돌아온 물결들
하나둘씩 세상에서 가장 편안한 잠을 준비하고

떠난 줄 알았던 적막이 그리움을 향해 또 속수무책으로 무
너져 내리는
나뭇잎들을 어루만지며 수평선을 넘어온다

파도의 숨이 뚝 하고 끊어진다 일몰이다

가장 어두운 곳에서부터 초심처럼 입술을 깨물며 별이 뜨고
아무것도, 더 이상 아무것도 갖지 않겠다 다짐하며

바람이 분다

이제 밑도 끝도 없는 죄책감의 핀셋에 꽂혀 곤충처럼 버둥거리는
나를 그만 용서해 줘야지

이미 지나간 과거와 아직 오지 않은 미래 사이에서
조바심치고 괴로워하는 누군가를 위해 기도하듯
어디선가 밥 짓는 저녁연기가 어머니의 손길처럼 피어오른다

인연

태어난 시와 생김새
취향과 혈통, 사는 곳은 달라도
살아온 내력이 같으면
이렇게 한 번은 만나는 건가
이게 인연因緣이란 건가
전남 목포 유달산 정상에 오르자마자
느닷없이 소나기처럼 쏟아지는
황혼에 발목이 푹 빠지는
성대 결절의 바람과
무릎까지 허리가 휜 소나무,
그리고 뭐 하나 이룬 것 없이
돌아온 외기러기와 나
그래, 우리 생의 팔 할은 울음이었고
목마름의 연속이었으니
끝없는 떠남과 돌아옴의
기나긴 여정이었으니

착각하는 나무

나무들은 자란다
그들은 믿고 있다
언젠가 구원의 밧줄 내려와
날마다 꿈꾸던 약속의 땅 위에
끝없이 싱싱한 잎사귀들을 드리우게 될 날들을
아, 저들의 엄청난 착각
비바람에는 끝이 없음을
그러나 놀라워라 그의 손, 닿으면
무엇이든 구부리거나 맘대로 펼 수 있는 착각은
비틀리고 뒤엉킨 그들의 비관적 세계관을
둥글게 둥글게 구부려주었다
그리하여 나무들의 살아있음은
언제나 착각하고 있을 때
오늘도 나무들은 자란다
생성과 소멸을 거듭하며
착각, 어딘가 눈부시게 빛나고 있을
그 약속의 땅을 향해
힘껏 가지를 뻗어 내린다

둑길

또 갈 곳 잃어
떠도는 나뭇잎이랑, 꼭 다문
어둠의 입속에 있다 한숨처럼
쏟아져 나오는 바람이랑, 상처에서 상처로
뿌리를 내리다 갈대밭이 되어버린
적막이랑, 지나는 구름의
손결만 닿아도 와락 눈물을
쏟을 것 같은 별이랑, 어느새
잔뿌리부터 하염없이 젖기 시작하는
풀잎이랑, 한 줌의 흙 한 그루의 나무 없인
잠시도 살 수 없는 듯 어느 결에
맨발로 내려와 둑길을
걷는 달빛이랑

햇볕의 그림자

햇볕이 나무의 몸을 빌려
그림자를 만드네요
그림자 속에 들어가 나올 생각을 하지 않네요
햇볕이 흘린 땀방울 같아요, 눈물 같아요

어쩌면 햇볕에게 이 지구는
고단한 허리를 두드리며
아버지가 몰래 소리 없이 눈물을 쏟고
잠시 쉬었다 가곤 하던
뒤꼍의 헛간 같은 건지도 몰라요

나뭇잎과 새들의 몸을 빌려
햇볕이 또 그림자를 만드네요

고놈

가자고 보채면
일 좀 끝내고 내년 봄에나 가자 하니
저라도 갔다 온 모양이다

마음속 어딘가 하도 작아 보이지도 않던 것이
자라서 머릿속까지 치받아 오곤 하던
고놈, 그곳 잊지 못해
몇 달을 걸어서 갔다 온 모양이다

여독이 덜 풀린 듯
통 말수가 없고
한동안 가자고 보채질 않으니

비우고 내려놓는 게 일생이라서
적막과 맑은 별뿐인 라다크

가서 힘들어 못 살겠노라고
생떼라도 썼던 모양이다
눈 뜨면 거짓말이고 손에 닿으면 탐심뿐인 삶에 대해
두 손 모아 빌며 참회라도 한 모양이다

\>

고놈, 두 눈 퉁퉁 부은 걸 보니

썰물처럼 가슴이 다 쓸려나가고 없는 걸 보니

뼈부처

바람에 흔들리는
한 포기의 풀도
그리움이다, 집착이다
밤마다 몸 뒤척이는
제 피 같은 물소리를 쳐내고
제 숨도 쳐내고
산 속으로 산 속으로
가부좌를 틀고 들어앉은
저 면벽의 산,
하얀 뼈만 남은
저 빈산,
절간처럼 고요한 하늘 아래
뼈부처되어 서있구나

곰배령 길 2

울창한 고로쇠나무와 고로쇠나무 사이
일레지꽃이 되어 노랗게 피어있는 적막의 길을 걸으며

그나마 여기까지 올 수 있었던 건

자서전이나 위인전에 꼭 한 번은 나오는
도전이니 의지니 하는 말들이 아니라

실은,

아무도 알아주지 않는 곳에서
한 번도 멈춘 적 없었던 심장과
소처럼 묵묵히 발걸음을 내디뎠던 두 다리였다는 것을

피와 살과 뼈 외엔 어떤 불순물도 섞여 있지 않은
이 순금의 몸뚱어리였다는 것을

유기견

어느 날 몹시 취해 귀가하던 날
길모퉁이에 서있는 유기견을 데려왔다
눈에 낀 눈곱을 떼어주고
온수에 비누를 풀어 퉁퉁 부은 발을 닦아주었다
고추도 똥꼬도 깨끗이 닦아주었다
드라이기로 젖은 털을 말려주었다
뽀송뽀송해진 털 사이로 두 눈망울과 코가 드러났다
따뜻한 우유 한 잔을 내주었다
서서히 눈이 맑아지더니
바로 방 안을 뛰어다녔다
한 점 의심도 없어보였다
격의도 두려움도 없어 보였다
정이 많은 듯했다 눈물이 많은 듯했다
어디서 많이 본 듯해 가만히 들여다보니
아주 오래전에 내가 버렸던, 나다

자화상

아프다 뭐 하나 이룬 것 없이
흘러간 강, 날마다 몸살을 앓는 듯
부들부들 떠는 저 풀잎들 때문이 아니라
저 강과 풀잎들을
뭐 하나 이룬 것 없이
흘러간 강, 날마다 몸살을 앓는 듯
부들부들 떠는 풀잎으로
보고 읽고 기록해 오는
아니, 무엇이든 닥치는 대로 구부리고 분류하고
이름을 붙여 줘야 직성이 풀리는
내 두 눈 때문에 난 아프다
아프다, 강이 아프고
풀잎이 아프고 무심코 지나던
바람의 등덜미까지 덩달아 아프다

하루

몸져누운 미래는 여전히 차도가 없고 주식은 깡통이 되고

또 내지 못한 사직서를 가슴에 묻고 돌아오는 길 기분은
착잡해지다가

낙엽처럼 차도 밑으로 한 번 더 떨어지고 납덩어릴 매
단 듯

발걸음은 무겁지만 걸을수록 조금씩 내 편에 서서 바람
은 불고

풀이 죽은 내 어깨에 세상에서 가장 아름다운 견장을 달
아주며

저만큼 황혼이 어깨동무를 해줄 듯 서있고 모세의 지팡
이처럼

내 발걸음 닿을 때마다 붉은 신호등에서 푸른 신호등으로

홍해같이 횡단보도가 활짝 열리는 길 끝에서 문득 뒤돌

아보면

　나를 위해 박수를 치듯 비둘기 떼 날아오르는, 그래도 흐
린 시간보단

　한 주먹 쌀만큼이라도 해가 뜬 시간이 더 많았던 하루

　그래, 누군가 어디선가 나를 사랑하고 있는 것 같다

개개비 타령

개개비야 개개비야 놀자 강기슭 평평한 갈대밭, 울퉁불퉁 쑥대밭 될 때까지

잠 못 이루게 하는 근심 걱정, 까짓것 한가운데 말뚝 한 번 박아놓지 뭐

그래도 밤마다 고개를 들면 내 둘째 마누라라 생각하고 두 집 살림 차리지 뭐

평생을 참아도 쏟아지는 눈물, 우물이거니 생각하고 벌컥벌컥 마셔버리지 뭐

내리는 데만 내리는 장대비 같은 후회, 진짜 장대비처럼 밤새 맞아버리지 뭐

개개비야 개개비야 놀자 강기슭 울퉁불퉁 쑥대밭, 다시 평평한 갈대밭 될 때까지

잠도 없는 두려움이 또 찾아와 한쪽 뺨을 때리면 다른 한쪽 뺨마저 내주지 뭐

>

사채업자처럼 세월이 산만큼 청춘을 고리로 달라 하면 길
바닥에 누워 배 째라지 뭐

마음 한구석 처박힌 철근 같은 상처 덧나면 끌어내 엿장
수와 엿 바꿔 먹지 뭐

스토커가 직업인 외로움, 또 오면 팔자거니 생각하고 의
형제 맺고 살아버리지 뭐

제2부 타인들의 도시

달빛 가장

구름 뒤로
쌔근쌔근 잠든 별들 몰래

한강 변에 나온 달빛이
홀로 걷고 있다

혼술을 한 듯 비틀거리며

이 길의 끝은 어디인가
도대체 끝은 있기나 한 건가

털썩 주저앉았다가
어깨 밑까지 고갤 푹 숙인 채
다시 비틀거리며

구름 뒤로 사라진다

붕어빵 장수

빌딩은 휘황한 골짜기에 서있는 잡목 같다

그곳에 한 점 불꽃을 달고
한 사내가 묵묵히 붕어빵을 굽고 있다

손님 하나 없는
살고 죽는 일에서조차도 비켜난
시간마저 붉은 신호등에 걸려 멈춰 선

저 거대한 침묵 속에

사내가 하루 내내 반죽한 흰 살과 내장을 집어넣는다

조금씩 비린내가 새어 나온다
그의 손끝에서
지느러미를 꿈틀거리며 붕어들이 쏟아져 나온다

별은 하늘까지 올라가
사내를 내려다보고 있는 붕어의 눈망울이다
도시의 불빛은 서둘러 지은 붕어의 거처이다

>

오늘 떠오른 이래 처음 웃는 달처럼

거대한 침묵 한 귀퉁이에 걸터앉은 사내가

풀어놓은 붕어들이,

차도와 인도로 골목과 골목 사이로

아가미를 빠끔거리며 헤엄치고 있다

지하철엔 해녀가 산다

지하철엔 해녀가 산다

그녀는 전복을 따지 않는다 문어도 잡지 않는다
그녀는 날마다 화장을 한다
귀에 리시버를 꽂고 음악을 듣는다
그녀는 바다로 돌아가지 않는다

환승역에 열차가 멈출 때마다 승강기로
넘실대며 쏟아져 들어오는 수많은 인파의 물결들, 파도들
그녀에겐 바로 그때가 물때다 기다렸다는 듯
물안경과 오리발을 신고 그녀가 뛰어드는 시간이다

책 읽는 회사원의 까칠한 수염이 돋은 턱 밑을 지나
휴대폰 속 게임에 빠진 여대생과
그 남자 친구의 다리 사이를 지나며 그녀는 유영을 한다

지하철엔 해녀가 산다

그녀는 멍게를 잡지 않는다 해삼을 잡지 않는다
그녀는 날마다 선반 위에서 잔다

천장 손잡이에 거꾸로 매달려서도 잔다
그녀는 바나로 돌아가지 않는다

지상의 역을 열차가 통과할 때마다 창문으로
고기 떼같이 밀려 들어오는 햇살들, 신선한 공기들
그녀에겐 바로 그때가 일광욕을 할 때다 기다렸다는 듯
물안경과 오리발을 벗어놓고
온몸에 선크림을 바르는 시간이다

맨발로 걸으며 누군가 켜놓은 휴대폰 속
그녀는 영화나 드라마를 어깨 너머로 보다가 울기도 한다
때론 배꼽을 잡고 까르르 웃다가 뒤로 자빠지기도 한다

지하철엔 해녀가 산다

우리는 너무 바빠서 그녀를 보지 못한다
우리는 너무 생각이 많아서 그녀를 보지 못한다

박쥐

별채에 박쥐 한 마리 날아들었다
침묵은 그의 유일한 세간살이였고
어둠은 그의 일용할 양식이었다
그는 일체의 어떤 것도 탐하지 않았다 먹지도 않았다
별채는 마을에서 가장 햇볕이 잘 드는 곳에 있었다
입주하자마자 그는 장도리처럼
곳곳에 박힌 햇볕을 뽑아냈다
세상으로부터 얼마나 큰 상처를 받았는지
두려움이 그를 덮쳤는지
저녁 어스름이 질 때만 그는 어디론가 나갔다가
크고 단단한 침묵과 어둠을 등에 한 짐 지고
동트기 전 새벽이슬을 밟으며 돌아왔다
언제부턴가 그 짐은 무언가를 짓는 데
필요한 재료로 사용되었다 날마다 그는
자갈이나 모래처럼 침묵과 어둠을 섞어 공구리를 치고
바닥을 다진 뒤 벽을 세웠다 그렇다,
그는 별채 속에 더 큰 별채를 짓고 있었다
별채 속의 별채가 완성된 듯
더 이상 그는 바깥출입을 하지 않았다
문 앞엔 갖가지 고지서와 신문이 쌓여 갔다

우리는 그 별채에 한 발자국도 접근할 수 없었다
별채 주위엔 깊고 높은 고요의 담장까지 세워져 있어
심장박동마저 귀청이 나갈 정도로 큰 소음이 되었고
사소한 한마디의 말조차도 꺼낼 수 없었다
각자 마음속 어딘가 감춰두었던 욕망도
자신만이 알고 있을 거라 생각했던 죄악과 위선도
엑스레이에 찍힌 것처럼 뼈째 드러났다
들어간다 해도 어두워 돌아 나올 길을 찾을 수 없었다
성질 급한 누군가는 포클레인으로 담장과 지붕을 부수고
벽을 허물어뜨렸지만 소용없었다 양파처럼
까도 까도 보다 더 큰 별채가 버티고 있었다
그에 대한 의혹과 의심이 커지면 커질수록
그는 별채 속의 별채 속으로
몇 광년 거리의 별처럼 점점 멀어져 갔다

간디 평전

그는 소도시의 나이트클럽 기도였다
기도라고 하기엔 몸집이 작고 행동도 느렸다
한 번도 주먹을 사용하지 않았다
누구에게도 욕을 하지 않았다
침묵이 그의 부모인 듯 말이 없었다
사람들은 그런 그를 간디라고 불렀다
그럼에도 주먹 좀 쓴다는 어깨들은
그를 두려워했다 그곳을 얼씬거리지 않았다
그가 세상에서 유일하게 무서워하는 건
나이트클럽 건너편에 있는 꽃집 여인이었다
그녀 앞에만 서면 식은땀을 흘렸고 돌처럼 굳었다
그는 매일같이 꽃집에서 안개꽃을 샀다
언제부턴가 꽃집 여인은 그가 올 시간이 되면
다른 손님이 안개꽃을 사 갈까 봐
구석에 안개꽃을 감춰두었다
그녀에게 그를 향한 감춰둔 마음이 있다는 걸
그러나 그는 전혀 몰랐다
눈 오는 밤, 나이트클럽을 접수하기 위해
큰 도시에서 온 어깨들이 들이닥쳤다
늘 그랬듯 그는 주먹을 사용하지 않았다

누구에게도 욕하지 않았다 늘 그랬듯

웃통을 벗고 면도날을 들더니

천천히 자신의 배를 긋기 시작했다

그날 처음 그는 그만 실수를 했다

너무 깊게 칼날을 들이댄 것이다

뱃살을 뚫고 안개꽃이 쏟아지고 있었다

쏟아진 안개꽃을 주워 담으며

그는 뚜벅뚜벅 그들을 향해 다가갔다

그들은 하나둘씩 뒷걸음질 치더니 줄행랑을 쳤다

마지막까지 그는 그들을 뒤쫓았다

다음 날 꽃집 문 앞엔 마른 안개꽃이 놓여 있었다

누군가 한동안 머물다 간 것이 틀림없었다

꽃집 여인은 문 앞을 청소하고 평소처럼 하루를 시작했다

누군가를 기다리는 듯 가끔

그녀는 힐끗힐끗 창밖을 내다보곤 했다

하늘에선 가슴 한가득 안개꽃을 품은

눈송이들이 온종일 떨어지고 있었다

성탄절

하나둘 나사렛 예수가 태어난
마구간 쪽으로 말꼬리를 돌렸다
어느 가난한 낙농업자의 갑작스런 음독자살과
동네 아이들에게 능욕당한 K여대생의 암담한 미래와
AIDS 양성반응자 기지촌 다방 레지의 행방,
그리고 세상을 떠들썩하게 했던
몇 개의 크고 작은 사건들은
신문지상으로 저기압 전선처럼 가볍게 흘러갔고
그것은 건조한 일상의 목구멍을
일순 적셔주는 한 잔의 청량 음료수,
도처에서 자물쇠 채워지는 소리가
둔탁하게 들려왔고 문은 닫히기 위해
새롭게 세워지고 무너져 내렸다
방관은 늘 미덕이었고 어둠의 영사기가 돌아가는
도시 한복판으로 자막 같은 눈송이들이
절망의 위태위태한 피사의 사탑을 세우며 쓰러져 내렸다
그 누구에게도 입양될 수 없는
불구의 고아원 아이들이 되어
저지대로 저지대로 난파하고 있었다

거리의 악사

버려진 데서조차 한 번 더 버려진 헌 구두 속에서

아무도 거들떠보지 않는 낙엽과
평생을 무연고로 떠돌던 한 줌 모래알과
기댈 데도 갈 데도 없는 귀뚜라미가

저마다 살아온 세월의 악기로 연주를 한다

마음속 꼬깃꼬깃 접어놓았던
목젖과 가슴으로 꾹꾹 눌러놓았던
눈물이 쏟아져 나올 듯한

아직은 박자도 음정도 안 맞는 연주를 한다

정선 여자

그녀가 나비를 두려워한다는 것을 안 건 최근의 일이었다
청소원이 열어놓은 창문을 통해 날아든 나비를 보고
자신의 방에서 비명을 지르며 뛰어나온 것이다

그녀의 고향은 강원도 정선이었다 다섯 고개는 넘어야
밥풀때기 같은 집 한 채 겨우 볼 수 있는
지천에 깔린 바람 소리와 맑은 공기를
오디처럼 따먹으며 자랐다

입사한 뒤 그녀가 처음 한 일은
잔심부름과 차를 타주는 일이었다
그녀의 들국화 차는 가히 일품이었다
한번 먹으면 하루 내내
온몸에서 들국화 향내가 떠나질 않았다

그녀가 걸을 때마다 그녀의 몸에선 들국화 향내가 났다
나이 든 직장 상사의 손에서 들국화 향내가 나는 건 분명
또 그녀의 들국화 차를 마셨다는 증거였다

우연히 색깔을 보는 눈과
디자인 감각이 남다르다는 걸 눈치챈

사장이 그녀에게 방 한 칸을 마련해 주었다 밤낮없이
그녀가 디자인한 옷들은 매장에 진열되기가 무섭게 팔
려 나갔다
조금씩 그녀는 선망의 대상이 되어갔다

하루는 짓궂은 동료들이 쓰레기 비닐 봉투 가득 잡아 온
나비들을 그녀의 서랍 속에 풀어놓았다
평소와 다름없이 출근을 한 그녀가 서랍을 연 순간
나비 떼가 쏟아져 나와 그녀를 덮쳤다

짧은 비명이 이어졌고 문을 열고 들어가자 방은
그녀가 신었던 빨간 하이힐과 물방울무늬의 투피스만이
벗겨져 있을 뿐 책상 위엔 뿌리째 뽑힌 들국화 한 그루
가 놓여 있었다

백방으로 찾아보았지만 그녀의 행방을 찾을 수 없었다
확실한 건 누구도 그녀의 방에 들국화를 놓고 나온 적이
없다는 것이었다
들국화는 인근 쓰레기장에 버려졌고 이내 소각되었다

아무도 책상 위의 들국화가 그녀라는 사실을 알지 못했다

낯익은 타인들의 도시*

길이 길을 잃고 샛길로 빠진다
적재정량을 초과한 어둠을 싣고 거리를 달리는
저녁의 숨 가쁜 엔진 소리 깊어가고
하나둘 키 큰 빌딩들이 소등을 하며 사라진다
다 어디로 갔을까 거북하게 조여오는
일상의 넥타이를 풀고 사람들은 한 그루 나무가 되어
어둠의 싹을 내밀고 열매를 맺는
먼 저녁 나라로 국적을 옮겼을까
양팔간격으로 늘어선 가로수마다 꼼지락거리는
나뭇잎 사이로 바람은
백과사전같이 두꺼운 적막을 뒤적거리고
붉은 신호등이라도 있어
잠시 멈출 수 있는 도시의 플랫폼을 향해
산소 호흡기처럼 꽂히는 마지막 열차
달리는 열차보다 더욱 거세게 흔들리는
내 가녀린 어깨는 지워져 내릴 것만 같다
습한 저지대에서 올라온 달빛 속으로
젖어 드는 긴 레일의 언덕에서 내려다보면
드문드문 떠있는 도시의 불빛들은
자신조차 몰라보는 알츠하이머 환자처럼

두 눈을 껌뻑거리다가 잠들 것이고
내일 또 난 무표정으로 사무실 구석,
꼼짝도 않는 복사기가 되어
오늘과 다름없는 어제의 나를 온종일 복사할 것이다
두 눈과 두 귀를 틀어막고 막막히 쏟아져 내리는
밤비에 도시 한 귀퉁이가 젖는다

* 최인호 장편소설 『낯익은 타인들의 도시』 제목 인용.

귀천

세상의 남자를 사랑해선 안 되었다
하지만 사랑은 화염火焰 같아서 결혼을 했고 그 순간
선녀의 옷은 하얀 재를 남기고 사라졌다

두 아이를 낳았는데 첫째 딸 소란이가 두 살 때
남편은 병으로 죽고 둘째 아들 성규는
열한 살인데도 기저귀를 찼다
안 해본 장사가 없었다
햇볕보다 조금만 늦어도 자릴 빼앗기는 노점,
발버둥 칠수록 가난은 거미줄처럼 온몸을 감아왔다

하는 수 없이 선녀는 하늘에서 가져온
장신구들을 팔기로 했다
몇몇 바람만이 신기한 듯 물건을 만지작거리다 갈 뿐
얼마 후 구청 용역원들이 들이닥쳤다 좌판을 엎었고
단속 차량에 장신구들을 실었다 선녀가 매달리자

용역원들은 배를 걷어찼고 길 한복판에 선녀를 패대기쳤다

선녀는 창턱에 한 줌의 쌀을 얹어놓았다

새가 날아와 쪼아 먹는 날을 하늘에 오르는 기일로 정했다

제일 먼저 소란이는 핸드폰을 껐고 선녀는 성규의 몸을 깨끗이 씻어주었다

밀린 월세와 남은 쌀 한줌을 봉지에 담아 문가에 두었다

어디선가 부리가 빨간 새 한 마리가 날아와 쌀을 물고 사라졌다

선녀는 준비한 알약을 소란이 손에 쥐어 주고 성규의 입에 한 움큼 넣어주었다

갈 길이 머니 소란에게 성규의 손을 꼭 잡으라고 했다

조금씩 방은 찬 공기와 단단한 침묵으로 채워져 갔다

눈을 떠보니 수많은 새 떼들이 네 개의 밧줄로 묶어 매달고 가는 큰 둥지 속이었다

맨 앞엔 부리가 빨간 새가 무리를 이끌고 있었다

구름 뒤 유난히 반짝이는 별을 향해 날아가고 있었다

선녀는 아이들을 깨웠다 소란이는 아빠가 보고 싶다고 했다

성규는 처음으로 선녀의 눈을 마주 보며 웃고 있었다 가끔

결빙 같은 뭇별들이 둥지에 부딪칠 때마다 사방으로 빛
이 튀고 있었다

사물의 기원

　벽에 걸린 저 시계는 원래
한 번도 지각을 한 적 없던 정
대리였고 저 유난히 낡은 책상
은 못으로 박아놓은 듯 한번
앉으면 꿈쩍도 않던 고 계장
이었고 책상 옆에 서있는 금고
는 입에 자물쇠를 채운 듯 말
이 없던 김 과장이었고 저 목
이 긴 스탠드는 언제나 고분고
분 말을 잘 듣던 경비원 최 씨
였고 저 커터 칼은 언제나 맺
고 끊는 것이 명확했던 차 대
리였고 저 복사기는 툭하면 사
표를 내겠다던 박 주임이었고
저 한쪽 구석에 놓여 있는 화
분은 늘 있는 듯 없는 듯 앉아
있던 경리부 김 양이었다 누구
보다도 그들은 뜨거운 가슴과
큰 꿈을 지녔던 사람이었다

붙박이별

뼛속까지 목수였던 그가 고철을 모으기 시작한 건
하나밖에 없는 아들이 소아암에 걸린 후부터였다
밤낮없이 화물차를 몰고 세상을 누볐다
짐칸이 차면 조수석까지 조수석도 다 차면
자신의 혈관에서부터 뼛속까지 고철을 쑤셔 넣었다
고철을 넣을 데가 없게 되자 그는 집으로 돌아왔다
무얼 만드는지 오랜 동안 망치질 소리가 새어 나왔고
용접 불꽃이 튀었다 겨울에도 지지 않는 용접 불꽃은
화원을 이뤘다 밤마다 나비처럼 집 주변으로 별들이
몰려들었다 그 가운데 아이는 붙박이별을 좋아했다
두 살 때 죽은 엄마라 생각하며 눈물을 글썽이곤 했다
폭설이 쏟아지던 날 도시엔 큰 지진이 일어났다
가로등은 뿌리째 뽑히고 집마다 유리창은 박살이 났다
목수의 집 문짝도 떨어져 나갔다 들어가 보니
마당엔 그들이 신었던 신발만 남겨져 있었고 아주 큰
그을음 자국이 남아있었다 로켓을 쏘아올린 흔적 같았다
로켓을 타고 혹 그들은 하늘로 날아오른 건 아닐까
밤하늘엔 어디선가 몰려온 수많은 뭇별이 떠있었다
잠시 엔진을 끄고 정박한 정체불명의 기체들 같았다
얼마 후 그들은 구름 둔덕 넘어 가장 크게 반짝거리는

붙박이별을 향해 조금씩 발걸음을 옮기고 있었다
저 기체들 가운데 목수와 아들이 타고 있는지도 몰랐다

파란 가방

나에겐 파란 가방이 있지 머릿속에 꼭꼭 숨겨 둔

그곳엔 나를 작가나 시인으로 만들어주는 몽블랑 만년
필이 있고
가고 싶은 곳 어디든 데려다주는 뗏목이 있지

격무가 밀려올 때면

난 무작정 뗏목을 타고 구름 위로 올라가거나
아무도 모르는 지중해 어느 섬에서 쿠바산 시가를 피우
며 몽블랑 만년필로
시집으로 묶으면 대박 날 시와 헤밍웨이도 놀라 넘어질
소설을 집필하곤 하지

그곳엔 나만 아는 보물지도도 있어서
사장 면전에 사표를 집어던지고 주먹 한 방 먹이곤 바다
로 나가
보물을 찾아서 한순간에 백만장자가 되어 돌아오곤 하지

>

　만약 누군가 내가 지그시 눈을 감고 있거나 미소를 머금고 있는 걸 보았다면

　그건, 내 손과 발 중 하나는 십중팔구 파란 가방에 가 닿아 있다는 것

　아예 파란 가방을 열고 들어가 안에서 지퍼를 닫고 있다는 것

.

　그러는 한 한 점 바람도 나를 쓰러뜨리지 못하지 나의 입가에 핀

　한 줌의 미소도 뜯어 가지 못하지

　나에겐 그 누구도 모르는 파란 가방이 있지

　때론 보물단지 같아서 밤하늘의 별을 수북이 따다 놓거나

　와이키키 해변이 보이는 방을 들여놓고 밤을 새웠다

　아무런 일이 없었던 것처럼 집으로 돌아가곤 하지 냉장고에 코끼리를 넣듯

　삶의 칠 할이 공상이요, 삼 할이 허풍인 나를 또 파란 가

방 속에 꾸겨넣었다

다시 끄집어내는 일을 수없이 반복하다 잠에 들곤 하지

나비부인

주말 오후, 식당 창문으로
나비 한 마리 날아들었다
새로 갈아 끼운 형광등처럼 눈이 부셨다
한눈에 반한 그녀는 나비와 결혼식을 올렸다
밥그릇과 냄비 속에 꽃들을 심었고
가스통과 전깃줄 속은 꽃씨로 채워놓았다
스위치를 켜면 가스렌지와 조명등 속에선
온갖 꽃들이 피어올랐다
그녀는 식당을 온통 꽃밭으로 만들어놓았다
이제 그녀는 밥을 짓지 않는다, 손님을 기다리지 않는다
오로지 나비만을 기다린다
나비는 그녀의 마지막 사랑이다

제3부 오래된 기억

눈

눈이 온다 언제나 그러했듯이
사랑한다는 한마디 말도 없이
그럴 듯한 연애편지도 없이
그 흔하디흔한 한 송이 장미꽃도 없이
뼈 속까지 희고 고운 눈빛만으로
또 이 지상의 누군가를
사랑하겠다고, 사랑받겠다고

바람과 같아서

그대를 가슴속에서
더는 지울 수 없게 됐다고 말할 수 없음은

입김만 닿아도 떨어져 버릴까
건드리기만 해도 떠나버릴까
가을의 얼마 남지 않은
나뭇잎을 품은 한 그루 나무 앞에서
주머니에 손을 넣었다, 뺐다
멀뚱멀뚱 하늘을 쳐다봤다
감기도 아닌데 헛기침도 했다
그냥 선 채로 밤을 또 새우는

저 바람과 같아서

후련

먹먹한 가슴은 토지요
곳곳의 응어리는 햇볕이다
잠 못 드는 밤은 단비다

그곳에 씨앗으로 웅크려 있다가
뿌리를 내리고 가지를 뻗어
꽃망울을 맺을 때 비로소

명치인가 단전쯤에서 막혔던 숨처럼
툭 터져 나오는 마음의 연꽃,

후련

도원桃源

깊은 산중이었다
반나절 만에 마주친 여인은
조금만 가면 마을이 나온다고 했다

백설기 위의 고명 같은 서너 채의 집이 있고
말씀보단 주일마다 손수 끓여 주는
수제비가 더 은혜로운 목사가 사는 곳
신자보단 길 잃은 적막과 바람 소리들이
더 북적이는 교회가 전부인

하지만 얼마 못 가서
길은 끊어져 있었다 절벽이,
조각배 같은 몇 척의 구름들을 매달고 서있었다

그녀의 말이 사실이라면

그녀는 구름을 타고 마을에서 떠내려온
수많은 적막 가운데 하나이거나
두어 바퀴 마을을 돌다 잘못 발을 디딘 종소리이리라

\>

난 어디선가
여인이 나타날지 몰라 몇 번인가 가다 서다를 반복하며
그 산을 되돌아 나왔다

어둠이 나를 뺀 모든 것을 거둬 가고 난 한참 후였다

황금 비늘

준공 후 처음으로 동양 최대의 댐 수문이 열릴 때
수많은 기자와 인파들 사이에서 내가 기다렸던 건
수백 미터의 높이에서 뛰어내리는 물줄기들의
곡예가 아니었다 그것은 어릴 때부터
할머니에게 들은 한쪽 눈이 없는 여인이었다
그녀는 물속에 사는 잉어였다 불치병에 걸린 노모를 위해
잉어 잡이를 나온 나이 든 총각 어부에게 붙잡힌 것이다
그녀는 산 채로 가마솥 속으로 던져졌다
뜨거움을 참지 못해 뚜껑을 차고 나온 그녀는
인간으로 변했고 살려만 준다면 노모의
불치병을 고쳐주겠노라며 자신의 한쪽 눈을 파내어
어부에게 건네주었다 감쪽같이 노모의 불치병이
완치되었다 어부는 그녀를 살려 주었다
한쪽 눈이 없어도 그녀는 아름다웠다
그들은 정이 들었고 부부가 되었다
어부는 아홉 형제 중 장남이었다 큰 집이 필요했다
그녀가 자신의 비늘을 한 움큼 떼어내자
비늘은 황금이 되었다 어부는 황금 비늘로
큰 저택을 마련할 수 있었다 어머니를 통해
그녀의 신통력을 알게 된 동생들은 온갖 구실로
비늘을 얻으려 했지만 어부인 형이 가로막았다

별 한 점 없는 밤이었다 동생들이 독약을 탄 술을
형에게 먹인 뒤 잠든 그녀를 밧줄로 묶고
몸에 붙은 비늘을 하나씩 뜯어 가방에 넣었다
비늘이 뜯겨 나갈 때마다 그녀는 강물처럼 출렁거렸고
피를 쏟았다 그게 끝이 아니었다 그녀의 한쪽 눈마저
파내기 위해 막냇동생이 호미를 들고 다가갔다
순간 그녀는 펄펄 끓는 부엌의 가마솥 속으로
몸을 던졌다 형제들은 가마솥 뚜껑을 열려고 했으나
열리지 않았다 하는 수 없이 통째로
가마솥을 들고 나가 강물에 처넣었다
한 해가 지나고 이상한 일이 벌어졌다 하루에 한 명씩
마을의 젊은 청년이 한 명씩 익사체가 되어 떠올랐다
마지막으로 떠오른 익사체는 노파였다 그들은
하나같이 한쪽 눈이 뽑혀 있었다 수시로 경찰차가
드나들었지만 사건은 자꾸 미궁 속으로 빠져들었고
마을은 댐 건설 수몰지구로 선포되었다
하나둘 주민들이 떠나면서 적막이
마을의 주인이 되어가더니 적막도 미궁의 사건도
마을과 함께 수장되고 있었다
마침내 댐의 수문이 열리고 있었다
사방에서 카메라 셔터가 터지는 가운데

물줄기들의 곡예가 펼쳐지고 강 하류엔 그물과
족대를 든 사람들이 수문에서 떨어져 내린
고기를 잡고 있었다 어디선가 미터급 대어大漁가
그물에 잡혔다는 소리가 들려와 난 기자들을 따라
그곳으로 향했다 수십 번 버둥거리다가
그물을 찢고 나온 대어는 두어 바퀴 공중제비를 하더니
강물 속으로 뛰어들고 있었다
그때 난 강가의 자갈 위에 떨어진 대어의
비늘 하나를 주웠다 그물의 주인은 대어의
한쪽 눈이 없었다고 했다 떠난 줄 알았던
대어는 한 번 더 솟구쳐 올라 나를 힐끗 쳐다보고는
다시 강물 속으로 사라지고 있었다 분명 대어는
한쪽 눈밖엔 없었다 내 손에 쥐어져 있던 비늘은
어느새 황금이 되어 있었다 난 황금 비늘을
강물에 던져 넣었다 잠시 치어처럼 꿈틀거리더니
어디론가 흘러가고 있었다 원래의 자리로
돌아가는 듯했다 대어가 솟구쳐 올랐던 자리엔
저녁노을이 곱게 피어오르고 있었다 한 번 더
대어가 나타나기만을 기다리며 난 하염없이 서있었다

매 둥지

적막 외엔 바람도 한 점 없는 산속이었다. 느닷없이 폭설이 쏟아져 한 치 앞을 분간할 수 없었다. 조금 전까지 보디빌더처럼 자신의 근육을 자랑하던 산이며 길이며 나무들은 온데간데없고 염전 위의 하얀 소금 같은 것들이 세상을 뒤덮고 있었다. 수북이 쌓이던 소금은 얼마 후 하얀 솜털처럼 부풀어 올랐고 밟을 때마다 쿠션감을 느낄 수 있었다. 큰대자로 누워 긴 잠에 빠진 거대한 백곰의 불룩한 배 위를 걷는 느낌이었다. 이 눈길이 백곰의 품이라 생각하니 두렵기도 했지만 이상스레 포근하고 따뜻하기도 했다.

어딘가 밟지 말아야 할 곳을 잘못 밟은 것일까. 누워있던 거대한 백곰이 벌떡 일어나 나를 밀어 넘어뜨리고 있었다. 나는 두어 바퀴를 굴렀고 복숭아뼈가 돌부리에 부딪혀 비명을 질렀다. 순간 산중의 적막은 얼음장처럼 쫙 갈라졌고 적막에도 틈바구니가 있는지 수십 마리씩 웅크려 있던 새들이 앞뒤 안 보고 하늘로 달아나고 있었다. 백곰의 품속을 거닐던 나의 달콤한 꿈도 산산조각 나고 말았다. 나의 현실은 왼쪽 발목에 타박상을 입은 채 절룩거리며 길을 잃고 헤매는 나그네 신세가 되어있었다.

그 무렵 나는 모 잡지사의 자유기고가로 일을 했는데 '우리의 명당을 찾아서'라는 기획 특집 취재를 위해 산중에 있는 모 가문의 묘를 탐방하고 내려오던 참이었다. 시간이 갈수록 두려움이 커져 가고 있었다. 그때 등 뒤에서 누군가의 목소리가 들려왔다. 행색이 스님 같았다. 그는 길을 잃었나 본데 그쪽은 막다른 길이고 곧 어두워지니 자신이 거하는 곳에 하룻밤 묵고 가라고 했다. 난 생명줄을 잡듯이 그의 뒤를 따라나섰다. 따뜻한 아랫목이 있는 절집을 떠올리며.

하지만 그가 멈춘 곳은 절벽이었다. 그는 큰 소나무 허리에 묶여 있는 동아줄을 건네주었다. 난 당황스러웠지만 발목의 통증과 추위 때문에 망설임 없이 동아줄을 잡고 내려갔다. 얼마 안 가 턱이 있어 발을 딛고 보니 절벽 안쪽으로 비좁은 토굴이 나왔었다. 내부는 제법 온기가 있었다. 그는 따뜻한 차 한 잔을 내주었다. 차를 마시며 왜 이런 곳에 거하냐고 물으니 그는 이곳은 이 산의 눈에 해당하는데 세상을 더 멀리 또 넓고 깊게 볼 수 있어 머물게 되었다고 했다. 난 문득 그가 풍수가처럼 땅을 읽는 능력이 있는 것 같아 어디가 천하제일의 명당인지 물어보았다. 그는 머뭇거림도 없이 단박에 대답하였다.

"이 지구가 천하제일의 명당입니다."

순간 무엇엔가 한 방 머리를 맞은 느낌이었다. 하기야 그 많은 은하계에서 이 지구만큼 아름다운 초록 별이 있었던가. 그의 말은 산줄기가 되어 이어지고 난 새털처럼 푹신한 낙엽 더미 위의 담요 속에서 두 귀를 열어놓고 있었다. 갑자기 눈보라가 몰아쳐 들어왔다. 난 소리 지를 틈도 없었다. 거대한 새가 토굴 속의 나를 부리로 물고 끌어내더니 자신의 등 위로 올려놓고는 밤하늘을 향해 날아오르고 있었다. 거의 별이 손에 잡힐 때쯤 그만 움켜쥐고 있었던 새 깃털이 뽑혀 난 구름 아래로 소리 지를 틈도 없이 추락하다가 잠에서 깨어났다. 눈을 떠보니 그는 이미 어디론가 나간 후였다. 난 어디에서부터 어디까지가 꿈인지 모를 꿈속에 있는 것만 같았다. 절벽 아래로 아주 먼 곳에 위치한 마을이 눈에 들어오고 있었다.

　몇 달이 지나 복사꽃이 필 무렵 난 은인을 찾아 그곳을 향했다. 소나무에 매어있던 동아줄은 온데간데없었다. 하는 수 없이 돌부리들을 밟고 내려가 보았다. 토굴은 텅 비어있었다. 난 마을로 내려와 절벽의 토굴을 가리키며 밭을 매는 어르신께 여쭐 말씀이 있다고 했다. 그는 여기 사람들은 그곳을 매 둥지라고 부른다고 했다. 먼 옛날 과거를 포기한 선비가 머릴 깎고 들어앉아 수도를 하다가 득도해 매가 되어 날아갔다는 설이 전해지고 겨울까지만 해도 실제로 매가 둥지를 틀고 살았는데 봄이 되자 어디론가 자취를 감추었다고 했다. 난 떨리는 목소리로 그에게 겨울에 있었던 일을 이야기해 주었다. 그는 못 믿겠다는 듯 본체만체하며 묵묵히 밭일을 하기 시작했다.

　나는 음푹 파여 들어간 절벽의 토굴을 한참을 바라보았다. 진짜 스님이었는지 이름은 뭐였는지 이제는 얼굴조차도 희미해진 그야말로 제대로 알고 있는 게 없는 그를 떠올리며. 시간이 갈수록 절벽의 토굴은 점점 매의 눈이 되어 나를 응시하고 있었다. 어디서부터 어디까지가 꿈인지 모를 그날의 꿈속에 난 다시 서있는 것 같았다.

감기

어느 스님에게 감기가 왔대요
스님은 부처님 보듯 큰절을 하고는
이 엄동설한에 고열을 주셔서 감사합니다
그간 편히 살아온 저에게 큰 두통을 주셔서 감사합니다
기왕 오신 거 제 몸에서 편히 쉬었다 가십시오 했대요
하루는 시자 스님이 감기약을 가지고 왔는데
지그시 스님이 웃으시며
지금 감기님께서 가신다 하니
문이란 문은 다 열어놓으라고 했대요
다시 부처님 보듯 큰절을 하고는
이토록 제 몸을 날아갈 듯 해주셔서 감사합니다
내년에도 꼭 오십시오 했대요
그날 이후 입적하시는 날까지 스님께서는
감기 한 번 안 걸리셨대요
스님만 보면 오던 감기도 절레절레 머릴 흔들며
다른 길로 한참을 돌아서 갔대요

노거수 아래

천장과 바닥도 그늘로 지어진 두 평도 채 안 되는 집

도깨비바늘같이 콕콕 찌르던 땡볕도 쉬어 간다

갈라진 평상 틈 사이로 기어들어 온 애기똥풀들이 부처처럼 미소 짓고

길 잘못 든 배롱나무 가지 하나가 잠시 꽃을 피우다 말고

까딱까딱 한 귀퉁이에서 졸고 있다 밥때엔 화투를 쥐고 몰려든 사람들

스물하고도 일곱 판을 내리 지다 피박, 광박에 쓰리고 한 판으로

지긋지긋하게 꼬였던 어느 한 인생의 팔자가 활짝 피기도 한다

어느새 하늘 깊숙한 곳부터 자두처럼 달이 익어가는 저녁이 오고

\>

빠르기만 한 세상의 바퀴에 치여 튕겨 나온

한참을 멍하니 앉아있던 낯선 한 사내의 천둥 벼락 같
은 울음이

터졌다, 뚝 하고 그친다 이내 갈 곳을 정한 듯 어금니
를 물고

단단하게 구두끈을 동여매더니 서둘러 길을 나선다 덜
컹거리며

마을 어귀를 지나는 바람의 완행버스에서 어깨가 건장한
적막 몇이 내린다

변산

흘린 눈물만큼
딸린 식구도 많아
이름은커녕 아직 얼굴조차도 못 본
산비탈의 때까치,
버려진 한 잎의 이파리에도
체온을 나눠주고 가는
그 마음이 고마워서
향기나마 한번 맡고 하늘로 돌아가시라고
부르튼 발바닥 한번 푹 담갔다 올라가시라고
그가 즐겨 오는 길에
벌개미취 수북이 피워 놓고 서있는
한 동이 소沼를 괴고 서있는
골짜기 깊은 변산을
오늘도 고둥처럼 천천히
해가 넘어가고 있었습니다

달꽃

그대를 떠나보낸 후
밤하늘에 뿌리를 두고
고요를 향해 벙그는 달꽃인 줄 알았더니
날이 갈수록 더 크게 벙그러져
내 마음속의 달꽃이 되어버린 그대여
잠 못 드는 밤마다 내 마음 수십 번 별이 되어
그대를 향해 떠올랐었으니
혹여나 제일 먼저 떴다,
제일 나중에 지는 별을 보면
그게 저인 줄 아세요

소라

열은 없는지, 제때 밥은 먹는지
한데서 자는 건 아닌지
어디 혼자 틀어박혀 울고 있는 건 아닌지
더 가까이 귀를 기울이다
섬에서 내륙의 바닷가까지 떠밀려 온

어머니의 귀다

5분 예수

이발소에서 꽃집까지
걸어서 한 오 분 거리인 언덕길을
오래된 공구처럼 등이 휜 할아버지가
따귀를 맞아도
귓바퀴를 물어뜯겨도
머리끄덩이를 잡고 흔들며 쉼 없이
고래고래 소리를 질러도
묵묵히 아내를 업고 걸어가고 있다
몇 번을 주저앉았다가 다시 일어서며
기우뚱기우뚱 넘어가고 있다
십자가를 짊어지고
골고다 언덕을 오르는 예수 같다

엽총

쓰면 쓸수록 아버지 자字는
국어 공책 칸 밑으로 떨어져 내렸다
쥐새끼들 낮은 천장으로 발자국 소리
모스 부호로 띄워놓고 가는 한낮
자꾸만 누운 총신을 닦아대는
아버지의 화약내 나는 손길을 매달려 올라가
난 목말을 타고 싶었지만
나가 놀아라 텃밭에 밀잠자리나 잡으며
이미 밀잠자리보다 먼저 덜미를 잡힌 난
안채에서 여덟 발자국 물러난 행랑채로 던져졌다
서너 발의 총성으로 하늘 한쪽을 뒤흔들어
장끼들을 후두둑 털어 내리는
벨기에산 2연발 엽총이 무엇이기에
대청마루의 거꾸로 매달린 메주처럼
누군가의 입맛에 맞는 간장이 되려면
너무나 싱거운 새술막에서 동산면으로 놓인
등굣길을 서두르는 난 초등학교 1학년
바지를 걷어 올린 햇살이 내를 건너는
아버지의 어깨에 걸쳐진 엽총이 빛나면 빛날수록
바래지는 내 새총의 위력은 떡갈나무 숲속에 던져졌다

아직도 서른 번은 더 써야 할 국어 숙제인

아버지 자字는 쓰면 쓸수록

공책 칸 밑으로 자꾸만 떨어져 내렸다

산허리를 흔들어대는 물푸레 나뭇잎마다

어둠은 깊은 발부리를 내리고

한 올의 머리카락만 보아도 수저를 내동댕이치던

난 눈꺼풀까지 차오르는 수면 속으로

뒤척이는 허리와 발목을 겨우 가라앉혔다

금가락지

느닷없이 할머니는 두 주먹을 쥐고 나타났다
내 눈알 어디다 치웠어
어머니는 서둘러 경대 서랍 속에서
눈알을 꺼내 할머니 손에 쥐여 주었다
참 내, 영감 돌아오면 주려고 했는데
할머니는 어머니 어깨를 밀치곤
밥그릇에 눈알을 담고 아랫목 이불 밑에 두었다
눈알은 할머니의 똥 속에서도 나왔고
저녁상 고등어구이 속에서도 나왔다
어머니는 눈알을 찾기 위해 사는 듯했다
일 년 후 할머니는 눈알을 꼭 쥔 채 처음으로
편안하고 반듯한 자세로 숨을 거뒀다
할머니가 금가락지를 눈알이라고
부른 지 오 년 되는 날이었다
오 년 간 어머니도 우리도 금가락지를 눈알이라 불렀다
할머니의 금가락지를 만지작거리며
어머니는 할머니 생각에 자주 눈물을 흘렸다
조금씩 야위는 어머니의 손가락에서
금가락지는 저 혼자 헛돌고
어머니는 자꾸 건망증이 심해져 갔다

한번은 손가락에 금가락지를 끼워져 있는 줄도 모르고
한참을 찾았다며 두려워했다 그럴 때마다
우리는 어머니를 안아주었다
며칠 후 손가락에 끼워져 있는 줄도 모르고
어머니는 또 금가락지를 찾고 있었다

아주 오래된 기억

바람 불면 바람 부는 쪽으로
풍애마을 한쪽 발을 지그 밟고 서있는
느티나무의 가지가 힘없이 기울어지곤 하였다
태양의 억센 팔뚝 안에서
월척같이 뛰어오르는 여름
마을 사람들은 비가 내리기만을 손꼽아 고대했지만
늘 하늘은 굳게 입술을 다물고
기다림의 가지 끝에선
맑은 피 대신 누런 고름이 새어 나왔다
마른 장작개비처럼 갈라진 전답들이
쉬 오지 않는 잠 근처까지 떠밀려 왔다 떠밀려 갔다
몇 평의 그늘을 일구며
바짝 푸른 허리띠를 졸라매는 물오리나무 숲
자꾸만 잔뿌리들은 죽음의 계단을 따라 내려가고
책보다 배고픔이 더 가득 들어찬
책가방을 멘 아이들이,
피라미같이 쏟아져 내려가는 하굣길을 따라 무작정
상경한 열여덟 열아홉 살 자식들은 돌아오지 않았다
이따금 어둠의 발자국 소리가 되어
환청처럼 들려오는 저녁이면

아낙들은 긴 침묵 속에서 나와
가장 빛나는 별을 향해
자식의 안위를 빌고는 줄여도 줄여지지 않는
서로의 아픔의 기장을 자르며
다시 긴 침묵 속으로 들어갔다
마을 지붕을 적시던 별도
앞마당까지 울타리를 치던 고요도
물레에서 풀려 나오는 흰 무명실처럼
새벽이 움트고 있었다

월남越南

외삼촌의 팔뚝엔 용이 살고 있었다
용은 조금씩 자라나는 듯했다
한여름에도 외삼촌은 긴팔을 입었다
반바지도 입을 수 없었다 목엔 항상
검은 목도리를 둘렀다 바람이 세게 불면
휘날리는 목도리 사이로 똬리를 튼
용의 눈이 나를 흘겨봤다 술에 취해
휘적거리며 방죽을 넘어오는 날엔
바짓단 사이로 용의 꼬리가 비죽 나오곤 했다
외삼촌 친구들이 샛강에서 미역을 감고 있었다
장난으로 친구들이 외삼촌을 들어다
샛강에 처넣었다 용처럼 꿈틀거리다 솟구쳐 오른
외삼촌은 차례로 동네 친구들을 손봐 주었다
쌍코피와 두 개의 이빨이 날아간 친구와
한쪽 발목이 완전히 돌아간 친구, 아예
혼절을 한 친구 사이로 외삼촌은 바람처럼 사라졌다
그 길로 다시는 돌아오지 않았다
마을 사람들은 월남전에서 전사했다고 했다
하지만 난 바람같이 외삼촌이 사라져가고 있을 때
목덜미와 두 손목 그리고 발목 사이로 뚝뚝

물을 떨어뜨리며 기어 나오는 용을 분명히 보았다
자신보다 몇 배 커진 용과 승천하는 것을
아무도 모르게 외삼촌은 용을 키우고 있었다

인수의 최후

미루나무에 우리는 인수의 몸을 묶었다
곤장 대신 채찍질을 했다 살에 닿을 때마다
그의 온몸이 파르르 떨었다 혼절을 하면
깨어날 때까지 기다렸다가 다시 채찍질을 했다
미동조차 못할 때 인수를 풀어주고
그의 똥꼬에 주삿바늘을 꼽고 바람을 넣었다
남산만 한 배는 곧 터질 것 같았다
연못에 처넣었다 중심을 못 잡고 버둥거리는
인수는 연꽃 줄기에 닿아서야 몸을 가눴다
반쯤 감긴 그의 눈 속엔 이미 구름이 멈춰있었다
우린 그의 배를 갈랐다 풍선 터지듯
쓸개와 창자가 쏟아져 나왔다 그리곤
붉게 달궈진 석쇠 위에 인수를 던져 넣었다
그의 죄목은 일 년간 동네 여자아이들 고무줄을
끊은 거였고, 키 작은 아이들을
상습적으로 이유 없이 때린 것이었다, 그날
진짜 인수는 아버지를 따라 금화인가 화천인가로
이사를 갔다 우리는 비로소 만세를 외쳤다
진짜 인수는 힘이 세고 빨랐다 그의 아버지는
별 두 개를 단 육군 장성이었다 우리는

인수 대신 죽은 개구리를 나뭇잎에 곱게 싸서
양지바른 언덕 위에 묻어주었다 캄캄할 줄만 알았던
저녁 하늘에 조금씩 뭇별들이 돋아나고 있었다

활

바람이 산자락을 움켜쥐고 산을 흔들고
이르지 못한 길들이 겨울나무처럼
빈손을 내어놓는다
어디쯤일까 이 밤의 시작과 끝은
그 누군가의 입에 한 번도 오르내리지 못한
그리움 혹은 아픔들
익명의 작은 풀꽃으로 피어오르고
녹슨 어둠의 문빗장을 풀고
나오는 별 몇 개
내 이마 높이에서 머뭇머뭇거린다
낮은 목소리로 새 떼들이
돌아왔던 곳으로 다시 돌아간다
나뭇잎의 한 계절을 갈아엎고 늘
현재진행형으로 흐르는 바람은
얼마만큼 흘러야 나를
길고 넓은 이 밤의 가지 끝에 내려놓는가
산이 산과 만나 떡두꺼비 같은 산을 낳고
한 동이씩 적막을 떠메고 가는 밤 12시를 향하여
긴 발부리를 내리는 길
주저앉지 않으리라 난 한 그루의 나무,

허공을 향해 화살처럼 쏘아 올린 나뭇가지가
먼 훗날, 아무리 모나고 거친 바람도
둥근 활엽으로 뒹구는 큰 숲이 될 때까지
쉼 없이 활시위를 잡아당겼다 놓으며

제4부 민화를 그리다

붓

바람이 불다 간다,

매같이 웅크려 있다 솟구치더니
그대로 나비같이 하늘하늘 내려오고
느닷없이 방향을 꺾고는
숨겨 놓았던 부리와 발톱을 꺼내 들고
이리 찍고
저리 휘두르고

맑게 갠 하늘
쑤욱 목을 뽑은
한 그루 묵란을 쳐놓고

고목의 마음

아, 아파할까 봐
또 깜빡하고 희망을 품을까 봐

한 잎의 이파리,
손톱만큼의 가지도 뻗지 않는
저 고목의 마음

동행

멀리 옆집 춘식이네 할아버지와
그의 바짓단에 매달려 서울로 갔던
도깨비풀이 돌아온다
작고 볼품이 없는 한참을 봐야 겨우
눈에 들어오는 잔설殘雪 같은
담장을 뒤덮은 노을을 등에 지고 돌아온다
온종일 차고 단단한 철근콘크리트의
검은 입속에 있다 왔다고
그곳엔 풀 한 포기 돋아날 한 줌의 흙조차 없었다고
아직도 쌩쌩 차가 달리는 두 귀가 먹먹하다고
씻지도 못한 채 쓰러져 자는
할아버지와 도깨비풀
여기저기서 참새들처럼 모여든 고요와
지난 밤 떠다 놓은 자리끼까지 찾아온 달빛이
그들 곁에서 꼬박 밤을 새워주곤 돌아간다

자수刺繡

구름 몇 점 천천히 노 저어 가는 저녁
끼니를 마련하러 자릴 비우고 날아간 어미 새 대신
차마 산을 넘지 못한 햇살들이
서둘러 돌아와 새끼들을 품어주는
자작나무 위 둥지를
지나던 한 무리 바람이 지켜본다
눈 맑은 사슴같이 길게 목을 빼고
혹여나 새끼들이 깰세라 놀랄세라
한 걸음도 떼지 못한 채
어미 새가 돌아오기만을 기다리고 있다
자꾸만 저려오는 발을 꾹꾹 참으며
어미 새 돌아오면
햇살들은 산을 넘어가 별이 되고
한 무리 바람은 제 가던 길을 다시 걸어갈 것이다

흰나비 떼와 당나귀

찬바람 불어 하늘에서 내려와
모닥불처럼 핀 햇볕에 둘러앉아
차게 식은 몸을 내어 말리는 흰나비 떼
길가, 소나무 그늘을 뒤집어쓴 채
오들오들 떨고 서있는 눈꽃이 안쓰러워
따스해진 날개로 덮어준다
너무 오래 덮은 듯
그만 사르르 녹아버리고 만 눈꽃
지나던 목마른 당나귀가 무심코 핥아 먹고 간다
그 후부터 어쩔 줄 몰라 하며
당나귀 뒤를 쫓아가는 흰나비 떼

야생 딸기

댐 수문이 열리기 전에
강 한가운데 있는 섬을 갔다 오면 되었다
소년과 친구들은 타이어에서 빼 온 튜브에 매달렸다
섬엔 예상대로 야생 딸기가 지천이었다
친구들은 허겁지겁 야생 딸기를 입에 넣었지만
소년은 비닐봉지에 야생 딸기를 조심조심 채워 넣었다

한 봉지 더 담은 것이 화근이었다
댐 수문이 열렸고 강물이
그들이 서있는 곳까지 밀려들었다
서둘러 그들은 튜브에 매달려 헤엄쳐 갔다
어디선가 튜브의 바람이 새고 있었다
친구들은 수영이 서툰 소년을 두고
저만치 앞질러 가고 있었다
그들이 어른들을 불러올 때까지
소년은 튜브를 꼭 붙잡고 있었다

소년은 야생 딸기를 단 한 개도 버릴 수 없었다
점점 소년은 또 하나의 고립된 섬이 되고 있었다
다행히 그 섬엔 소년만이 있는 게 아니었다

하나같이 눈망울이 말똥말똥한 야생 딸기들이 있었다
그중엔 눈물이 맺혀 있거나
눈물을 흘리는 눈망울도 있었다
한 번도 자신에게 눈을 뗀 적 없던 엄마의 눈망울 같았다

튜브는 완전히 바람이 빠져 무용지물이 되어있었다
서툰 솜씨였지만 소년은 이 악물고 헤엄쳐 갔다
절대로 한쪽 손에 들려 있는 야생 딸기는 놓지 않았다
얼마 못 가 힘이 빠진 소년은 물속으로 가라앉고 있었다
그때 누군가가 소년의 손목을 잡고
물 위로 끌어당기고 있었다

소년은 강가에 반듯하게 눕혀져 있었다
눈을 떠보니 손엔 야생 딸기가 고스란히 쥐어져 있었다
야생 딸기는 엄마가 가장 좋아하는 열매였다
오늘은 엄마의 첫 기일이었다
소년은 엄마의 제사상 위에
꼭 야생 딸기를 올려놓고 싶었다

문득 자신을 살려 주었던 은인이 떠올라

주위를 둘러보았다 인기척조차 없었다
손목엔 아직도 그의 온기가 손자국처럼 남아있었다
일 년 전 돌아가신 엄마가 살아 오신 것 같았다
소년은 자꾸만 주위를 둘러보았다 역시나 아무도 없었다

구멍 난 튜브처럼
소년의 몸 어딘가에서 눈물이 새어 나오고 있었다
토닥토닥, 지나는 바람인지 아니면 햇볕인지
소년의 등을 가만히 두드려주고 있었다
저만치서 친구들이 어른들을 데리고 뛰어오고 있었다

늙은 꽃사슴 1

너무 높아
중천의 해도 아직 이르지 못한 구름 위 숲속에
가느다란 연기를 뿜어 올리는 오막살이 집 한 채
늙은 꽃사슴 홀로 앉아 차를 달인다
하늘 한쪽을 스치고 지나가는
한 마리 새 울음소리에도 배어나는 그윽한 차의 향기
누가 이곳까지 올라와 맡아볼 것인가

오늘로 꼭 천 년이 되었네

늙은 꽃사슴 2

눈은 하늘을 담고 있어
맑은 구름 일고
귀는 시냇물에 가라앉아 있어
산천어들이 뛰어놀고
입은 꽃에 있어
입을 열지 않아도 향기가 난 지 오래인데
어디선가 칡넝쿨처럼 계곡을 타고 올라오는 저 소리
언젠가 자주 입에 오르내린 적 있는 저 소리
아무리 들어도 그 뜻을 알 수 없네
새로 생긴 시냇물 소린 줄 알고
멧새랑 나비랑
목을 축이러 산을 내려가네

민화를 그리다

둥근 달 위에
표고버섯같이 돋아있는 초가 한 채,
텅 비었는지 마당을 덮은 금잔화가 쓸쓸하다

쥐가 파먹은 종잇장처럼 너덜너덜한 토담 위로
결 고운 오색의 나비 떼 날아오른다
바람의 숨결 같다

어느 별에선가 우수수 낙엽 지는 소리가 들린다
주인의 발자국 소린 줄 알고
마루 밑에 잠들어 있던 강아지가
문 밖으로 뛰어나갔다간 돌아온다

날이 밝으면 가진 것이라곤
우렁우렁한 목청밖에 없는 멧새가 또
남사당패처럼 몰려와 소리 품을 팔다 갈 것이다

시인과 소년

머리 위에 시를 얹고 산 사람이 있었다
그는 시인이 되고 싶었다 얼마 지나지 않아
시는 그곳에 둥지를 마련해 알을 낳았고
새끼를 갖게 되었다
새끼들이 떨어져 다리가 부러질까 봐
시는커녕 낙서도 아니 한 개의 글자도 쓸 수 없었다

그는 시를 내려놓기로 마음먹었다
호주머니 속에 시를 넣고 다녔고
신발 속 깔창 삼아 깔고 다녔다
자유롭게 세상에 풀어놓기도 했다 그러자
그의 머리에서 시가 쏟아져 나왔다
시는 많은 사람들에게 감동을 주었다

그는 떨어지고 부러지고, 때론 부서지기도 해야
비로소 시가 된다는 것을 알게 된 것이다
그는 이제 머리 위에 시를 얹고서도 시를 쓸 수 있었다
그의 시는 더 많은 사람들에게 감동을 주었다

그는 더 이상 시를 쓸 수 없게 되었다

머리 위에 시를 얹어도 시를 내려놓아도
그의 머릿속까지 언제부턴가 시 대신
돈과 인기가 들어차 있던 것이다
시 한 줄은커녕 단 한 줄의 글도 쓸 수 없었다

시가 그를 두고 날아가 버린 것이다
한번 날아가 버린 시는 다시는 돌아오지 않았다
그는 태어나 처음으로 시를 만났던 어느 골목,
작은 헌책방까지 찾아가 샅샅이 뒤져보았지만 허사였다
그도 날아가 버린 시처럼 다시는 돌아오지 않았다

오랜 세월이 지난 후 작은 헌책방엔
그의 손자뻘쯤 되어 보이는 소년이 낡은 책을 읽으며
환희심에 찬 미소를 귀까지 걸어놓고 있었다
소년은 낡은 책을 가슴에 품고
언덕을 향해 뛰어가고 있었다

낡은 책은 오래전 행불자 처리된
시인의 처음이자 마지막이었던 첫 시집이었다
소년은 잠시 무언가를 결정이라도 한 듯

주먹을 꼭 쥐고 있었다
눈이 퍼붓기 시작했고 소년은 자꾸 넘어졌지만
다시 일어나 언덕을 향해 뛰어가고 있었다

빈 배

한 번도 하선한 적 없는
촘촘한 적막에
볏섬처럼 쌓인 햇볕이 열 가마
툭하면 흘러넘치는
바람 열두 말에
살짝 새소리만 닿아도
놀라 달아났다 다시 모이는
고요가 한가득이다
어느 곳에도 발 디딜 틈 없어
오늘도 승선 못 한 그늘 한 무리가
종일 주변을 서성거리다
뭍으로 되돌아간다

꽃밭에서

꽃이, 아름다운 여인들이
깊은 잠에서 기지개를 켜며 일어난다
푸른 하늘, 빨간 지붕 밑에서 아침마다
이슬로 목욕을 하는 여인들의 피부는
얼마나 눈이 부신지 그러나
내가 들어가기엔 너무나도 작은 집
내가 끌어안기엔 너무나도 가느다란 허리
아, 작아질 수만 있다면
그것이 진드기면 어떻고 꿀벌이면 또 어떠랴
저 작은 집 현관문을 따고 들어가
여인들의 눈부신 속살을 부드럽게 애무할 수 있다면
이것이 불륜이라면
누군가 나에게 돌 던질 자 마음대로 돌 던져라
잠시만이라도 저 여인들의
붉은 꽃 대궁 입술에 내 입술을 맞출 수만 있다면
그러다 밤이 오면 허리를 끌어안고
천 길 벼랑의 아득한 잠 속으로 추락할 수만 있다면

구름

구름은 몸을 낮추기로 마음먹었다

그러자 그는 거리에서도 발견되었고
서랍 속에서도 발견되었고
책 속이나 사람의 생각 속에서도 발견되었다

그를 보지 못한 이는 아무도 없었다
그를 보지 않고도 누구나 그를 그릴 수 있게 되었다

그는 침대로도 사용되었고
군불을 때는 판자 조각으로 사용되었다
액자를 거는 못으로도 사용되었다

그는 늘 손님이 구름 떼같이 북적이는 식당 같았다

그가 다시 깜빡하고 몸을 일으켜
원래 자리로 돌아가려는 순간
아니, 그런 마음을 먹자마자

그를 찾는 이는 아무도 없었다
그 흔한 바람조차도 오지 않는 황무지가 되어갔다

이제 그는 세상에 있어도 없는 존재였다

하리드와르

굵은 장대비에 불어난
흙탕 강물이 둔덕 위에 뱉어놓고 간
아주 낡은 조가비 같은
곧 떨어져 나갈 문짝도
무너질 기둥 하나도 없는
악취와 어둠만이 유일한 문패인 집 속에서
진주보다 더 빛나는
눈동자를 가진 인도 아이가
먼동처럼 터져 나온다

소쇄원

눈이 오고 있었습니다
구름도 별도 달도
담장처럼 둘러쳐진 대숲을 넘나드는
적막의 말발굽 소리
환청인 듯, 마당엔
한 마리 봉황새가 오색의 날갯짓을 치며
듬성듬성 놓인 죽실竹實을
한가롭게 쪼고 있었습니다

지키는 비관주의자

장정일(시인)

　　현대시의 기원과 현대시의 발견은 "나는 타자다"(랭보)라는 무아無我 의식에서 시작한다. 이런 기원과 발견은 "나는 생각한다. 고로 나는 존재한다"(데카르트)라는 동일자 의식과 정확히 반대라고 할 수 있다. 함명춘의 시에서 엿볼 수 있는 의식은 전자보다 후자에 가깝다. 이것은 그의 시가 '서정적 자아'에서 출발하여, 다시 그것으로 돌아오는 구심력의 원리에 따라 씌어지고 있다는 뜻이다. 알다시피 이 원칙은 시의 정초에 해당한다.

　　"세상으로부터 얼마나 큰 상처를 받았는지"(「박쥐」)라는 시구에서 단적으로 드러나듯, 이 시집에 나오는 서정적 자아는 상처 입은 사람이다. 상처 입은 이들이 대개 그렇듯, 이 시집에 출몰하는 상처 입은 자아들은 자주 운다. 열 네 편이나 되는 시에 눈물과 울음이라는 명사가 나오는 데다가, 울고라는 동사가 나오는 시도 한 편 있다. 그 가운데 음미할 시구를 꼽으라면 이 구절이다. "평생을 참아도 쏟아지는 눈물, 우물이거니 생각하고 벌컥벌컥 마셔버리지 뭐"(「개개비 타령」)

인생은 종종 길(路)로 은유되고 길 위의 인간은 나그네에 비유된다. 인간은 모두가 나그네이지만, 상처 입은 시인은 발목이 성치 않다고 한다. "나의 현실은 왼쪽 발목에 타박상을 입은 채 절룩거리며 길을 잃고 헤매는 나그네 신세가 되어있었다"(「매 둥지」). 또다시 세어보면, 이 시집에는 길이라는 단어가 나오거나 길을 주제로 삼은 시가 무려 스물두 편이나 된다. 발목에 상처를 입고 절룩이는 시인은 길을 떠났지만 길을 찾지 못하거나, 그 앞에서 길은 아예 끊어져 있다. "길은 끊어져 있었다 절벽이,/ 조각배 같은 몇 척의 구름들을 매달고 서있었다"(「도원桃源」). 이 구절을 인용한 김에 덧붙이자면, 이 시집에는 「구름」이라는 제목을 가진 시를 비롯해, 길 위의 나그네를 연상시키는 '구름'이 나오는 시도 열세 편이나 된다. 박목월의 "구름에 달 가듯이/ 가는 나그네"(「나그네」)야 워낙 유명하지만, 함명춘 시인에게 구름과 나그네의 상동성은 여로를 통해서가 아니라 죽음을 통해 완성된다. "반쯤 감긴 그의 눈 속엔 이미 구름이 멈춰 있었다"(「인수의 최후」).

길을 찾지 못했거나 끊어진 길 앞에서 망연자실한 나그네는 창공을 날아다녀야 할 새가 땅에 붙박여 있는 나무의 형상으로 변주되기도 한다. "새는, 나무가 아니었을까/ 뿌리만 땅을 움켜쥐고 있을 뿐/ 가지와 줄기와 잎들이/ 날아오르기 위해/ 쉼 없이 날갯짓하는(『전생』) 전생에 새였던 나무는 어디까지 날아올랐을까? 「전생」의 후일담이거나 후편으로 읽히는 「인연」을 온전히 감상해 보자.

　　　태어난 시와 생김새

　　　취향과 혈통, 사는 곳은 달라도

　　　살아온 내력이 같으면

　　　이렇게 한 번은 만나는 건가

　　　이게 인연因緣이란 건가

　　　전남 목포 유달산 정상에 오르자마자

　　　느닷없이 소나기처럼 쏟아지는

　　　황혼에 발목이 푹 빠지는

　　　성대 결절의 바람과

　　　무릎까지 허리가 휜 소나무,

　　　그리고 뭐 하나 이룬 것 없이

　　　돌아온 외기러기와 나

　　　그래, 우리 생의 팔 할은 울음이었고

　　　목마름의 연속이었으니

　　　끝없는 떠남과 돌아옴의

　　　기나긴 여정이었으니

　　　　　　　　　　　　　　　—「인연」 전문

이 시에는 새(외기러기)와 새의 전생이었던 나무(흰 소나무)가 함께 등장한다. 여기서 눈여겨보아야 할 것은 새와 나무 사이의 인연에 '나'를 슬쩍 끼워 넣어, 순환하는 우주의 법칙과 자연 만물을 서정시의 원리인 동일자 의식("나")으로 회수하는 시적 주술呪術이다. 그러나 정작 여기서 말하고픈 것은 인연을 핑계 삼아 드러낸 시인의 "비관적 세계관"(『착각하는 나무』)이다. 꽉 찬 달이 기울고 붉게 물든 나뭇잎이 떨어지듯이, "떨어진다, 다 떨어진다"(『만추』)라고 강조되는 것은 달도 나뭇잎도 새도 아닌, 상처 입은 그 자신이다.

시인의 비관적 세계관은 상처 입은 자아들이 매번 동물이나 곤충의 형상으로 출현하는 것에서 더욱 아프게 드러난다. 인간이 될 수 없거나 인간으로 견디기 힘든 무슨 사연이 있어서인지, 시인은 '개개비'(『개개비 타령』), '붕어'(『붕어빵 장수』), '박쥐'(『붕어빵 장수』), '귀뚜라미'(『거리의 악사』)가 된다. 이 가운데 음미할 시구로 다음의 것을 꼽을 수 있다. "이제 밑도 끝도 없는 죄책감의 핀셋에 꽂혀 곤충처럼 버둥거리는/ 나를 그만 용서해 줘야지"(『일몰』) 하지만 아무리 용서를 해도, 내가 버려진 유기견이라는 의식은 좀체 씻어낼 수 없는 모양이다. "어디서 많이 본 듯"한 유기견은 "아주 오래전에 내가 버렸던, 나다"(『유기견』). 이런 시구는 시인이 깊이 빠진 비관주의의 근원에 버려짐이라는 원체험이 있었다고 암시해 준다. 서정시에 나오는 허다한 상처 입은 자아가 그러하듯이 시인 또한 고향과 모성(유년의 낙원)으로부터 버림받았다.

과장하자면, 이런 분리 불안을 이겨내기 위해 추구된 것이 동물 이미지보다는 조금 약한 빈도로 나타나는 식물과 하나 되기다. 꿀벌 아니 진드기라도 되어 꽃 속에서 "천 길 벼랑의 아득한 잠"을 자고 싶다는 「꽃밭에서」와 도잠陶潛의 무릉을 연상시키는 「소쇄원」이 그런 욕망을 간절하게 털어 놓은 시다. 그 가운데 내가 뽑은 시는 「후련」이다.

　　먹먹한 가슴은 토지요
　　곳곳의 응어리는 햇볕이다
　　잠 못 드는 밤은 단비다

　　그곳에 씨앗으로 웅크려 있다가
　　뿌리를 내리고 가지를 뻗어
　　꽃망울을 맺을 때 비로소

　　명치인가 단전쯤에서 막혔던 숨처럼
　　툭 터져 나오는 마음의 연꽃,

　　후련

　　　　　　　　　　　　　　　　　—「후련」 전문

　시인은 답답하거나 갑갑하여 언짢던 것이 풀려 마음이 시원하다는 뜻을 가진 '후련'이라는 형용사를 이용해 마치 그것이 연꽃의 일종인 양하는 말놀이를 벌이고 있다. 근대시의 동력은 고향과 낙원으로부터 내버려지거나 그것을 떠났던 현대인의 원형으로의 회귀와 복구인 바, 시인은 이 안쓰러운 말놀이를 통해 원형의 언저리에 뿌리를 내리고 싶어 한다.

그러나 뭐니 뭐니 해도 비관주의자로 하여금 세상을 홀로 견디며 꿋꿋하게 살아가게 하는 비법은 달관과 역설이다. 왜 홀로인가 하면, 「정선 여자」「황금 비늘」 같은 시에서 강팍하게 주장되고 있듯이 선善은 무능력한 데다가, 그 무능한 선의 비밀마저 오직 나 혼자만 알고 있기 때문이다. 사정이 이러하기에 시인은 더는 상처받지 않기 위해 골계까지 동반한 달관과 역설을 꺼내 든다. "잠도 없는 두려움이 또 찾아와 한쪽 뺨을 때리면 다른 한쪽 뺨마저 내주지 뭐// 사채업자처럼 세월이 산만큼 청춘을 고리로 달라 하면 길바닥에 누워 배 째라지 뭐// 마음 한구석 처박힌 철근 같은 상처 덧나면 끌어내 엿장수와 엿 바꿔 먹지 뭐// 스토커가 직업인 외로움, 또 오면 팔자거니 생각하고 의형제 맺고 살아버리지 뭐"(「개개비 타령」) 방금 인용한 시를 포함한 이 계열의 시로 묶을 수 있는 「견지낚시 하는 법」「뼈부처」「고놈」은 모두 전 4부로 이루어진 이 시집의 '제1부 자화상'에 담겨 있다.

시인이 이렇듯 비관하고 달관해야 하는 이유는 고향이나 유년의 낙원으로부터 근본적으로 유리되어 있는 데다가 복귀가 불가능한 탓도 있지만, 목전의 현실이 비루하고 불행해서이기도 하다. 「사물의 기원」을 보면 수긍되는 이유다.

벽에 걸린 저 시계는 원래
한 번도 지각을 한 적 없던 정
대리였고 저 유난히 낡은 책상
은 못으로 박아놓은 듯 한번
앉으면 꿈쩍도 않던 고 계장
이었고 책상 옆에 서있는 금고
는 입에 자물쇠를 채운 듯 말
이 없던 김 과장이었고 저 목
이 긴 스탠드는 언제나 고분고
분 말을 잘 듣던 경비원 최 씨
였고 저 커터 칼은 언제나 맺
고 끊는 것이 명확했던 차 대
리였고 저 복사기는 툭하면 사
표를 내겠다던 박 주임이었고
저 한쪽 구석에 놓여 있는 화
분은 늘 있는 듯 없는 듯 앉
아있던 경리부 김 양이었다 누
구보다도 그들은 뜨거운 가슴
과 큰 꿈을 지녔던 사람이었다

—「사물의 기원」 전문

열거된 '(인간) 사물'이 한때 고향이나 모성으로부터 유리
된 전력이 있다고 해서, 사물의 대오로부터도 자유롭게 이
탈할 수 있는 것은 아니다. 공상과 허풍에 의지해 "사장 면

전에 사표를 집어던지고 주먹 한 방 먹이곤 바다로 나가/ 보물을 찾아서 한순간에 백만장자가 되어 돌아오곤"(『파란 가방』) 하는 꿈을 꾸고는 한다지만, 실로 사물의 하루하루는 "또 내지 못한 사직서를 가슴에 묻고 돌아오는 길"(『하루』)을 반추할 뿐이다. 「낯익은 타인들의 도시」가 그런 비관적 세계를 다시 한번 요약·정리해 준다. "드문드문 떠있는 도시의 불빛들은/ 자신조차 몰라보는 알츠하이머 환자처럼/ 두 눈을 껌뻑거리다가 잠들 것이고/ 내일 또 난 무표정으로 사무실 구석,/ 꼼짝도 않는 복사기가 되어/ 오늘과 다름없는 어제의 나를 온종일 복사할 것이다".

누구나 복사기를 면하지 못하는 세계에서는 비관주의도 달관도 공격적인 문명 비판이 될 수 있다. 경쟁과 자기개발이 성실의 표지가 되고 윤리가 되어버린 사회에서는 "세상을 반드시 내려놓고" "유혹과 집착을 끊"으며, 물고기를 낚기보다 "방생"(『견지낚시 하는 법』)을 하겠다는 역설적인 각오만큼 생생한 문명 비판이 따로 없다. 그럼에도 불구하고, 시인의 문명 비판이 비판이라면 당연히 가지고 있음직한 문제의 확산이나 갈등을 불러일으키지 못한다고 느껴지는 것은 왜일까? 까닭은 시인을 비관적 세계관으로 물들인 세계나 문제가 언제나 그 자신의 동일성 안으로 포섭되고 말기 때문이다.

바람에 흔들리는
한 포기의 풀도

그리움이다, 집착이다

밤마다 몸 뒤척이는

제 피 같은 물소리를 쳐내고

제 숨도 쳐내고

산 속으로 산 속으로

가부좌를 틀고 들어앉은

저 면벽의 산,

하얀 뼈만 남은

저 빈산,

절간처럼 고요한 하늘 아래

뼈부처되어 서있구나

―「뼈부처」 전문

이 시는 눈을 뒤집어쓰고 세상을 등진 산(강설이 묘사되지는 않았지만), 또는 그 산속 깊이 숨어있는 절을 '뼈부처'로 은유하고 있지만, 실제로 이 뼈부처는 세상을 등지고 싶어도 등지고 살 수 없는 시인의 욕망이 눈 뒤집어 쓴 산이나 산 속에 숨은 절을 소환해 자신의 것으로 만든 것이다. 이처럼 자연이나 대상을 소환해서 내 것으로 포섭하는 원리는 시인의 것만이 아니라 서정시 일반의 특성이다.

쇄신하는 시가 있다면 보수하는 시가 있다. 둘러엎고 지키는 이런 운동은 시작詩作에서만 일어나는 일이 아니라 예술·사회·문화·정치 등 인간의 모든 영역에서 벌어지는 일이다. 종교만은 둘러엎고 지키는 일에서 예외일 듯하지만, 역사를 보면 종교 역시 쇄신과 보수라는 인간 활동 본연으로부터 벗어나지 않는다.

함máchun 시인의 이번 시집은 둘러엎는 것보다 지키는 것에 방점이 찍혀 있다. 이번 시집에 무수하게 등장하는 상처 입은 자아가 서정시 일반의 특성에 부합하는 어법을 지키고 있기 때문이다. 그런데 이번 시집 '제3부 오래된 기억'에 집중적으로 실려있는 이야기성 강한 시들은 이 해설에 또 다른 화제를 부여한다. 강한 이야기성을 가진 시는 시 쓰기에 몰두한 시인으로 하여금 행갈이를 필수로 느끼지 못하게 하고, 줄글의 유혹에 자진하여 넘어가게 한다. 나아가 강한 이야기성과 줄글이 결합할 때 행과 연이 파괴됨으로써 강력한 낯섦의 효과를 일으키는 것은 물론, 현대성까지 부가적으로 얻게 된다. 한국 근대시의 역사를 열었던 최남선 · 주요한 · 이상은 산문시를 통해 그 시대의 전위 시인이 되었다. 현대시는 다름 아닌 산문시이다.

이야기성 강한 시는 시인의 전작 『무명시인』(문학동네, 2015)에서도 몇몇 주목할 만한 시를 낳았는데, 이번 시집에서는 편수가 더욱 많아졌다. 그런데 이번 시집에 실려있는 이야기성 강한 시들을 보면 강한 이야기성을 갖고 있으면서도(「지하철엔 해녀가 산다」 「박쥐」 「간디 평전」 「정선 여자」 「귀천」 「황금 비늘」 「야생 딸기」), 행갈이를 노골적으로 무시한 산문시는 단락을 구분한 「매 둥지」밖에 없다. 이 대목에서 행갈이와 연을 지키려는 시인의 고투가 느껴진다. 시인은 이 시대의 유행이 되어버린 완벽한 산문시를 내놓는, 쇄신하는 시인이 되고 싶지 않은 모양이다(이야기 시를 쓰면서도 행과 연 나누기에 리듬을 의탁했기 때문에, 한글로 씌어지는 '산문시의 리듬'을 창출해 보겠다는 원대한 시도와 도전은 할 필요가 없게 되었다).

독자들이 우화로도 읽을 수 있는 이 시집의 이야기성 강한 시들은 시인의 비관적 세계관과 밀접한 관계가 있다. 신이담神異譚류의 「지하철엔 해녀가 산다」 「정선 여자」 「황금 비늘」 등의 이야기시를 통해 시인은 고향과 모성으로 은유되는 현대 세계 이전의 세계를 슬며시 재현해 보여 주는 한편, 옛이야기라는 원형으로밖에는 흔적을 더듬어볼 수 없는 사라진 낙원을 시큼하게 상기시켜 준다. 시인의 이야기시가 그려 보여 주는 그것이 다시 회복될 수 없는 원형에 불과하기에 상실의 슬픔은 더욱 증폭된다.